U0624150

山间明月

刘羊 —— 著

长江出版传媒

长江文艺出版社

图书在版编目（CIP）数据

山间明月 / 刘羊著. -- 武汉 ：长江文艺出版社，
2024.9. -- ISBN 978-7-5702-3663-3

Ⅰ.Ⅰ227

中国国家版本馆 CIP 数据核字第 2024ZM8397 号

山间明月
SHAN JIAN MING YUE

责任编辑：谈 骁	责任校对：毛季慧
封面设计：祁泽娟	责任印制：邱 莉 王光兴

出版：长江出版传媒 长江文艺出版社
地址：武汉市雄楚大街 268 号　　　　邮编：430070
发行：长江文艺出版社
http://www.cjlap.com
印刷：湖北恒泰印务有限公司

开本：880 毫米×1230 毫米 1/32	印张：5.625
版次：2024 年 9 月第 1 版	2024 年 9 月第 1 次印刷
行数：3240 行	

定价：58.00 元

刘 羊

本名刘建海，1978年9月出生，湖南洞口人。

毕业于湖南师范大学中文系。

出版诗集《小小的幸福》《爱的长短句》。

主编《诗歌里的长沙》《一首诗的距离》《二里半诗群30家》等诗选。

诗歌作品《乡里人的说话方式》入选首届芙蓉文学双年榜。

大山与明月（代序）

张　战

　　刘羊背靠两座大山，雪峰山与岳麓山。刘羊心里有两轮明月，升起于雪峰山间的明月，辉耀在岳麓山顶的明月。刘羊是大山之子，是明月之子。

　　我第一次见刘羊是 2016 年 1 月 9 日下午，离春节还有一个月。长沙建湘路一个名为"熬吧"的书吧，大家为一位诗友的新诗集作分享会，刘羊是主持人。雪霁清寒，我们都厚长大衣，刘羊白衬衣，领袖如新，笑容皎洁。他主持行云流水，联珠缀玉，望去就是一位明月少年。

　　2020 年岁末，刘羊赠我他的诗集《小小的幸福》。这本诗集 2009 年 1 月由北京十月文艺出版社出版，我 2020年底才读到。诗集中第一首诗《小蜜蜂》写于 1997 年，他十九岁，时为湖南师大中文系的大二学生，学校黑蚂蚁诗社的联合发起人。每天，他和诗社的小伙伴轮流扛一块名为"木兰诗行"的黑板到师大著名的木兰路口，那里女生们来来往往，裙袂飘飘，在女生们的围观中，刘羊和小伙伴们一次次把自己的诗作发表在黑板上。十九岁的明月少年，却在诗里写道"爱世间所有渺茫的歌，所有巨大的不可救药的孤独"。我读这句诗，并未笑他少年强说愁。我知道，一个诗人，必有渺茫无法归拢、孤独洞彻心髓的一刻。那时，写诗就成为他穿越渺茫与孤独的唯一道路，一个诗人因此诞生。

2014年，刘羊第二部诗集《爱的长短句》由北京工艺美术出版社出版，收录他2009年到2013年间的诗作，生命中的力与爱战胜了一切。

2023年秋天，刘羊捧出了他的第三部诗集《山间明月》。与第一部诗集《小小的幸福》中每首诗后注明写作时间不同，《山间明月》中的诗作以内容归为八辑："笑忘书""吸铁石""女儿与我""山间明月""大提琴手""粗布衣者""通往麓山的路""短歌"。刘羊的创作随笔，开篇即引电影《阿凡达》中纳威人的台词："每个人都会出生两次，第二次是你在族人中获得永久地位的时候。"他借此表明心迹："每个人都会出生两次，第二次是决定成为一名诗人的时候。"

我震撼。叶青有一部诗集叫《下辈子更加决定》，我喜欢这诗集名。但下辈子更加决定太迟，这辈子就要"更加决定"。初中课堂上，刘羊听语文老师讲《敕勒歌》，天地风草，牛羊隐现，雄浑直朴，摄魂夺魄。诗以其神秘的声音唤醒刘羊潜藏于心中的内在诗性，仿佛莫高窟前的宕泉河，从海拔3880米的祁连山脉野马南山发源，出山却潜隐戈壁沙漠，直到莫高窟东侧的三危山下才奔突而出。河水滋养出绿洲，绿洲滋养了僧人，僧人请来了工匠，宕泉河崖壁上，就有了一位位菩萨、一个个飞天。刘羊听《敕勒歌》的那一堂课，就是宕泉河从沙漠中涌出地面的那一刻，他听到了自己生命中的诗歌律动。我猜想他取名刘羊，是否就是代入为《敕勒歌》中的一只白羊，诗的长风吹低草原，召唤他以诗人身份现身。当他决定成为一个诗人，他以自己的自由意志为生命重新命名，他是自己的神。

追问一个诗人的写诗动机，是辨识诗人真伪的源头性问题。倘若问刘羊为何写诗，他的回答一定不是"为了诗"，而是"为了人"。诗言志，诗之志必出于一个具体的人。诗的后面，无不站立着一个立体可感、独一无二的人。一个人的生命能量在心里如累危石，如揣激流，非诗而不能倾泻，诗由之出，才能真切，才能端肃，才能无愧。这个叫刘羊的诗人，生长于雪峰山腹地，求学于岳麓山脚下。故乡山水滋养他清澈、赤诚、灵动、善良的性情，湖湘文化涵育他正直、忠恕、礼仁、旷达的品格。他以一颗赤子心感动于美，去爱，去看见，去攀越生命凶险的褶皱，去与广阔的世界遭逢。他的诗歌皆来自他的生命经验，来自他的生存之真。大山是他的人生起点，明月是他的精神指向。他的两轮明月，一轮升起于儿时的雪峰山间，故乡夜空中，它的慈悲与温柔，是和月下的母亲、寺庙中的"仙娘"叠映在一起的。故乡明月使他皎洁，给他安慰，他的生命来处有护佑、有光亮。另一轮明月辉耀在岳麓山顶，以其千古以来弦歌不绝的儒家精神和湖湘文化涵养他的德行，引领他，校正他，给予他清晰的人生坐标，指引他精神的高度与去向。正如他在自传体散文《林中路》中所写："月亮越升越高，越来越亮，路上越来越澄明，树影婆娑，人影绰约，人人脸上都散发出一层被幸福包围的光辉。"

诗集《山间明月》第一首是《笑忘书》：

阳光正好，不远处

青山湖泊各自安坐

吞吐如兰的气息

风雨过后的窗口清澈如洗

足以把出窍的灵魂请进

世事变幻如云

所经之处不留一丝痕迹

多日不见，就当山中采药归来

不必把悬崖挂在嘴边

　　此诗如一部浓缩的诗人传记，诗歌主体的胸襟格局尽在其中。大江大海，危樯已过。风雨之后，灵魂如洗。山河归位，各自安坐。"多日不见"一句，如悬疑剧中的留白，曾经的惊心动魄，说起来却云淡风轻。真笑忘！真旷达！此诗有谢安境界，开篇即见诗人真身。

　　如果只允许在刘羊这本诗集中选十首杰作，我会选《从 ICU 传出的纸条》《生日自题》《刮痧》《吸铁石》《父亲的腰痛史》《延迟学》《山间明月》《山行》《乡里人的说话方式》《她驮着一个青铜色的王朝》。《从 ICU 传出的纸条》直写对生命的热爱与敬畏，非直面死不足以语生，诗中的情感力量直擸人心，令人震撼。《生日自题》中的诗人形象是一个警醒者，一个正心诚意的慎独君子，"生日意味着新生、流血/一刀两断和破茧成蝶"，诗人在生日这天自我反省，以"苟日新、日日新、又日新"的精神自我激励，不断追求精神生命的更高维度。

《刮痧》一诗极具原创性：

> 妻子嘱我在她的背上作画
> 起初，我顺着她的脊柱画出一只大龙虾
> 之后，我沿着她的肩胛骨
> 画出一只红蜻蜓
> 最后，我把她的背部画满
> 得到一副完整的鱼骨头
> 又像一幅来自远古的岩画
>
> 妻子说，这下轻松了
> 为了将另一个自己从中请出
> 她不得不接受皮肉之苦

诗歌书写为妻子刮痧的场景，生动天真如小儿游戏，信手拈来的生活日常直接转化为诗。诗中洋溢着温馨的夫妇之爱毫不刻意，其意象与诗境清浅逼真，却在动态中层层推进，呈现出一个深刻的隐喻，即人对真我、对人的本质的追寻与确认，这一追寻与确认必须历经灵与肉的一次次苦修、剔除与淬炼。诗歌从个人独特细腻的生活现实出发，抵达对人的绝对本体和神性根基的叩问。阿兰曾说："一切思想皆始于诗。"我们也可以说："一切诗后皆有思想。"有些诗人对隐喻很不以为然，似乎隐喻必会消解诗性，隐喻可耻。然而，在诗歌实践中，我很怀疑这个观点。从某种角度而言，世界就是一个大隐喻，拒绝隐喻无异于拒绝诗歌。

刘羊诗歌的生发处在人，聚焦点在人，他以诗呈现一个广大丰富的人的世界。他描绘人的真实之相，探寻人的应有之相。他不是孤独决绝的林中高士，而是牵绊于人世众多关系中的人之子、人之夫、人之父。他的诗里有清晰的家族图谱和精神血统印迹。他写生命中与生俱来就共生的、生命历程中遭逢的、深爱的、不爱的、同类和不同类的人。刘羊写得最深切动情的诗歌有两类，一类有关他的父母、妻儿、亲友，一类有关他雪峰山腹地洞口县内一个名叫黄金山中的故乡。他对女儿的爱如此深沉、宽柔、温暖，甚至为女儿发明了一门新学问："延迟学"。他写母亲在儿女面前的宽容与隐忍如吸铁石："我们吐出的铁钉一样生硬的语言/也被她吸走了。她并不还给我们/也从不说疼"。对母爱，他有深刻的理解与感恩，也有冷静的反省与愧疚。他一次次返回故乡，重拾遗落在故乡的童年，凝视这片热土上的族人乡亲。经由诗歌，他辨析和摸索着自己的心灵形式，探寻自我与他人的关系，从异乡望故乡，追问生命的来处与去处，以更清楚地确认自己，规诫自己，趋近和完成一个更高维度的自己。

这部诗集的第四辑"山间明月"、第五辑"大提琴手"极具分量，是刘羊书写中最有代表性的作品。2023年5月，刘羊以组诗《乡里人的说话方式》（发表于《芙蓉》杂志2021年第2期）获首届"芙蓉文学双年榜·芙蓉杂志榜"

诗歌类桂冠作品奖。这组获奖诗作就包含了这两辑中的《故乡的祷词》《在乡下》《乡下人的说话方式》《垂暮之年》几首。这两辑中的诗，鲜明而立体地呈现出地处雪峰山西南段湖南洞口县境内独有的地域文化特征。那里山深林密，即使通了高速公路，仍有一只只野物为潜回山林而命丧车轮。那里民风古朴，过年过节，几代人依然按齿序在神龛前躬身作揖祈祷。那里的方言还存留着鲜活的古汉语，生活在那片土地上的人，"身体里住着鬼神狐仙，也埋着雷管火药"。山川、田野，动物、植物，神灵、鬼魂，方言、习俗，生死、劳作，性格各异而栩栩如生的人物群像，皆在巫楚文化与儒家文化、传统习俗与现代文明交织一体的光影里显声赋形。

刘羊的诗歌叙事真切而理性，场景描写准确而平实，他对故乡饱含深情，偶尔流露出少年眼神中的顽皮戏谑。如同马尔克斯笔下的马孔多镇、福克纳笔下的约克那帕托法县，刘羊诗作中的洞口黄金山不仅具有诗性意义，同时也具有史学、民俗学和社会学意义。区别只在于马尔克斯的马孔多镇和福克纳的约克那帕托法县纯属虚构，刘羊诗中的黄金山却是现实中的真实存在。

《山间明月》这首诗，令人过目难忘，你的心魂会久久浸润在那个月夜里，澄澈、明亮、圣洁。诗中，两个懵懂少年月夜启程，穿过田野阡陌，兴致勃勃走在田埂上赶去上学。同一轮月亮下，一群母亲星夜兼程，翻山越岭，去朝拜百里之外白马山宝莲寺里的仙娘。母亲和孩子赶到各自的目的地时，往往曙色未明，寒露正浓，万物沉寂。

当少年在教室课桌上陷入一顿回笼觉时，长途跋涉的母亲在仙娘前的祈祷仪式则刚刚开始。在身着旧布衣裳的乡间母亲们的心里，孩子是一生的希望，仙娘是永远的地母，都是她们心心念念的精神皈依处。孩子的成长之途，不仅有母爱的滋养，还有月光的滋养、万物神灵的滋养。"往来问道无言说，月在青天水在瓶。"也许正是有过这种月夜下的神圣朝拜，诗人刘羊才能把少年的清澈明亮与湖湘知识分子的理性务实、把故土的血脉烙印与城市文化视野奇妙融于一体。读完《山间明月》这本诗集，如沐明月，如遇君子，如登春台。

目　录

辑一　笑忘书

笑忘书　003

理想生活　004

这几年　005

从 ICU 传出的纸条　006

永恒之物　007

生日自题　008

别后书　010

刮痧　012

在一起　013

那些不为人知的事情　014

中年抒怀　015

辑二　吸铁石

吸铁石　021

种花生　022

023　两代人

024　母亲的称谓

026　母亲的矿井

027　与母亲拔河

028　少年时

029　百年孤独

030　父亲

031　西西弗斯的撤退

032　父亲的腰痛史

034　喝酒

035　老娘的意见

辑三　女儿和我

039　女儿和我

040　丝瓜颂

041　心愿颂

043　闪闪发光的事情

045　延迟学

046　跳子棋

047　安全岛

048　放学归来

049　高粱饴

辑四　山间明月

山间明月　053

远山沉默　054

山行　055

山川无边　056

代销店　057

新鲜　058

故乡的祷词　059

故乡的方位　061

在乡下　062

乡里人的说话方式　064

乡村音乐会　066

遗忘曲　067

乡村合影　068

外婆的罗家湾　069

大地上的留守者　070

鸡禾冲的两棵古树　071

老街　073

辑五　大提琴手

大提琴手　077

曾祖母忆　078

080 祖上的艺术家

081 江边的芭茅草

082 上海牌手表

083 君子兰

084 蔡锷公馆

086 黄泥江上的桥

088 回雪峰山

089 旧照片

090 垂暮之年

092 墓园所见

辑六　粗布衣者

095 粗布衣者

096 扫地人

097 工地颂歌

098 女画家居室的人字梯

099 目击成诗

100 重逢帖

101 干果

102 拴在树上的狗

104 题岳麓果趣谷

辑七 通往麓山的路

通往麓山的路 107

山里见 108

陪母亲登岳麓 109

和杜工部先生笔谈 110

夜读王羲之 111

麓山晚祷 113

蓉园春色 114

灰汤小镇 115

炭河古城 116

她驮着一个青铜色的王朝 117

密印寺印象 118

夜宿浏阳 119

靖港新娘 120

在铜官窑与一群渔女相遇 121

不必迷恋那朵浪花 122

袁家岭上 123

小院素描 125

不速之客 126

荫家堂 127

汨罗江水是怎么上涨的 129

辑八　短歌

135　短歌

136　飞天者

137　大樟树

138　告白

139　拉萨一夜

140　贡嘎夜话

142　丁酉年新春致父亲

143　欢喜

144　提灯女神

145　怀战友

146　风语者

148　第二次是决定成为一名诗人

152　"雪峰山让我与众神独往来，又能安心做自己"

辑 一

笑忘书

笑忘书

阳光正好，不远处
青山湖泊各自安坐
吞吐如兰的气息
风雨过后的窗口清澈如洗
足以把出窍的灵魂请进

世事变幻如云
所经之处不留一丝痕迹
多日不见，就当山中采药归来
不必把悬崖挂在嘴边

理想生活

现在，我的生活被孩子、工作和写作占据
我的身份是父亲、科长和作者
我的语言是游乐、公文和诗歌
这是上天赐予我的理想生活

现在，我与世界达成的谅解超过以往任何时候
从头顶吹来的风，偶尔强劲但总体保持克制
黄昏树梢的鸟鸣，总能把心引向归途

现在，我可以对未来的孩子们说
哪怕在此间偏安一隅，一生注定像一只蚂蚁
在巴掌大的地方日夜奔忙却几无所获
人世仍有诸多迷人之处，值得一游

这几年

这几年，把幻想送给回忆
把时间和存款送给医院
医院还回几道旧伤、一个新人

这几年，疏于在人前走动
忆起老朋友常常忘记姓名
几本旧书翻来翻去，慢慢读出新意

这几年，不再把远方当作故乡
而把居家当作修行。开始向孩子学习
学习开怀大笑，学习常识和语言

这几年，滞留庙堂一隅
饱览白云和流水，进一步接纳了自己
——那张安静的脸，那颗不羁的心

从 ICU 传出的纸条

就像深宫传出的一纸赦书
那么近，那么远
那么轻，那么重
需要双手来接
需要山呼万岁
需要昭告天下

找个无人角落
沐浴，焚香，然后大哭一场
用嘴唇去供奉纸上的每一行每一句
那是命运之神的语录
用手指去按压每一笔每一画
那一道道伤口，仍在愈合之中
用呼吸去接续呼吸
用血去止血

那一张白纸柔软、纯净，如产床
那几颗黑字敦厚、有力，像儿子

永恒之物

心中藏着一些恒温的词组
比如：屈灵均，杜子美，苏东坡
比如：沧浪之水，巴山夜雨，大江东去

奇怪，他们雨点般
把自己活成一片摇曳的芦苇
一生无依无傍，我行我素

更奇怪，当他们随风飘散
那些曾被指认的河流山川、明月清风
依然流淌着他们的温度

这世间多少永恒之物
在时代大潮前
显得多么弱不禁风

生日自题

生日无须快乐，快乐是寻常浅薄之事
生日须冷静，须像哲学家一样拷问自己

此生唯有此日，你让一个年轻女性
撕心裂肺地成为母亲
其余时间，都是让她自作自受
顶着母亲之名

一年中，只有这一天
你会像狱卒审问犯人一样审问过去种种
其余时间，你只能谨遵监所安排
井然有序地打发自己

生日忌蛋糕，忌宴会
忌一切社交生活
那样都容易离题万里
生日是极隐秘孤独之事

这一天，你最好彻底失踪
挣脱所有圈套，所有因果
像跛足道人和癞头和尚云游四方

见到谁就是谁

生日意味着新生、流血
一刀两断和破茧成蝶

别后书

——写给妻子

当我们分别后，我与自己住得更近了
我比以往更加清楚地看到自己身上哪一半是自己
哪一半是你。我从未感到与你分离
与我分离的那一个你，只是我的一部分
她跋山涉水去了远方，代表我去经历去旅行
去呼吸另一种空气，在异国他乡留下自己的气息
我看到你在深夜里满怀恐惧，就像一只豹子
因为不满于囚笼的束缚而发出低低的怒吼
我看到你走出房门，像一朵含羞花
果断挣脱羞涩的绳索，勇敢向黑夜吐露真诚
我看到你走在自己的道路上，领着一个天使
脸上散发出典雅而质朴的光辉

当我们分别后，我和你住得更近了
我们之间只隔着一阵风、一场雨、一行象形文字
它们吹拂着我们的脸庞，让我们的笑容保持生动
十年了，我们从来没有这么爱过——
像一棵树爱着大地，像一只鸟爱着天空
当孤帆远去，一颗心被明月照亮，被大海淘洗
得以认清自己的本来面目

它们之间的隐秘联系

除了你我之外，大概无人真正能懂

刮痧

妻子嘱我在她的背上作画
起初，我顺着她的脊柱画出一只大龙虾
之后，我沿着她的肩胛骨
画出一只红蜻蜓
最后，我把她的背部画满
得到一副完整的鱼骨头
又像一幅来自远古的岩画

妻子说，这下轻松了
为了将另一个自己从中请出
她不得不接受皮肉之苦

在一起

人不能在城市生活太久
过一段时间
他就要到山林去和明月清风为伴
与自己的先祖住在一起

人不能长期在家里修行
过一段时间
他就要到寺庙去聆听晨钟暮鼓
和自己的灵魂住在一起

人不能永远拥有自己的身体
也不能长期放逐幽深的灵魂
他须在日落时分回到故乡
再次确认自己的身份

那些不为人知的事情

那些不为人知的事情
塑造了我们的灵魂
当晚风吹过山谷
你能从山川河流的形状
抚摸到心灵深处的皱纹

往事发生了也许不是太久
风铃声似乎还在耳畔
岁月留下一株株美丽的珊瑚
尽管早就告别了大海
伸出手来依然深情漉漉

中年抒怀

1

三十六岁是我人生的分水岭
取悦别人的文字再也不能写出
无法成为朋友的永远不能成为

我时常为自己的蹉跎岁月叹息
它投在我身上的光芒如今全都化成幻影
令人欣慰的是，我曾与你并肩同行

我曾经怀疑你是我心中跑出的一个梦
你的神奇之处在于把一切变成可能
在你的字里行间，我读出久违的意义

一个悲观主义者开不出鲜艳的花朵
就像盐碱地里长不出果实
在阳光照进之前，你早已把杂草和淤泥清理干净

永远活在价值之外，怎么能叫作活着
十二年的时光足以让我们把人世看清

迎面而来的朋友，让我们用肩膀互相致敬

2

如何让一朵荷花盛开不败
你选择赋予她思想和情感

思想这东西就像源头之水
人们通常只闻其名，他们掬在手中的
往往泥沙俱下、浑浊不清

情感，则是穿越亿万光年的光
打在人们脸上的
有的叫太阳，有的叫星星

荷花也许只是一个隐喻
执掌荷花的人必须舍身入局
将双脚立于浊流之中
而用纯洁的水和庄严的光
滋养岸上的心灵

这个国家
人们有一个千年不忘的梦
让荷香而不是腐臭
吹拂他们暂住的土地

3

太阳底下的新鲜事不多
用双手抓住闪电，把名字写在水上
可算其中的两件

认识你之前，我不知道可以钻木可以取火
不知道穆勒如何被哈迪拯救
更不曾对上书房行走抱有信心

我空有一身热情却对日落之下的一切
厌倦至深。而你用生命鼓舞了我
你在大地上写字，在喧嚣中读诗
在大雨中的校园逆风疾行
你用一道闪电撕开沉重的天空
让万物得以窥见他们的真容
让风雨交集，灵魂交集，悲欣交集

太阳底下的新鲜事不多
风中之烛远比飓风强劲
落在纸上的雨雪
比落在大地的更加真实

辑 二

吸铁石

吸铁石

母亲越来越沉默了
大部分时间，她独自一人待在家里
不出门逛街，不跳广场舞
不和邻居往来
像吸铁石一般沉默

来城里已经八个年头的她
牢牢抓住一口乡里方言
抓住几个熟悉的面孔
抓住省吃俭用的生活习惯
像吸铁石一样从不放手

我们吐出的铁钉一样生硬的语言
也被她吸走了。她并不还给我们
也从不说疼

种花生

我娘种花生就像自由恋爱
自在种随意收
挖出来比别人家的要小一圈
有的花生壳剥开什么都没有

她依然弯下腰身
一颗颗收下来
去泥，洗净，晒干，择好
等子女回乡去取

她知道儿子爱吃这种生花生
特别是秋阳暖身时

两代人

那时，她被生活压得喘不过气来
每天喂猪、做饭、出工，忙里忙外
对你没什么好脸色
现在，你像陀螺快速旋转
一根鞭子把你抽得疲惫而麻木
回家一歪，对她没有好笑容

那时，你每天对着灶膛吹气
望着群山发呆。一天到晚被她嫌弃
大声责骂，沉默如屋檐下的石磨
现在，她被小区收留，被单元房隔离
被一日三餐和破铜烂铁认领
大部分时间闭门不出，面对子女指责
不知道手脚该放在哪里

那时，你在一个月夜出走
那晚月亮真白呀，把村子染成一朵梨花
现在，她挑着仅有的一副行李回家
山村如老井空空荡荡
一只老狗摇头摆尾正等着她

母亲的称谓

我们从来没把母亲唤作母亲
我们叫的是
娘
老妈
姆妈
妈……

母亲是书面语

母亲大字不识几个
并不熟悉母亲这个称呼
更不知晓这个称谓
在古老文字里的含义
在嗓门眼呼之欲出的情形
在蹉跎岁月的价值

母亲是圣词

我们只在诗词文章中使用她
在山河书卷中抚慰她
在夜深人静时呼唤她

平时，我们使用的是她的同义词
用不尽相同的语气
表达不同的意义

母亲是个虚词

母亲的矿井

在那口幽深黑暗的矿井里
母亲把所有的矿物都掏空了

她还在继续掏
掏自己的心和肺

与母亲拔河

当你开始嫌弃抱怨，她老得更快了
就像村口的老槐树
她在田间地头成长劳作，多达五十余年
当她来到这座漫无边际的城池
如同闯入另一个原始丛林
房门以外猛兽环伺，道路纵横
共同围成一个巨大陷阱
有时候你会感觉她在和你拔河
用她摇动磨盘的力气把你拉回童年
一只旋转的陀螺，耳畔只有挥鞭的声音
来路的颠簸你如何不懂
只是你不能撒手
你一撒手，猴子就会现出原形

少年时

父亲说，他其实出生过两回
一次是头胎难产。另一次是过苦日子
——连日米糠，让他经受了难产般的剧痛
是奶奶从下体一点一点把他抠出来
让他又重生一次

母亲说，谁不想读书
有名有姓地活。你姨妈一出生
你外公就停了我的学
从此，除了在山里坐牢
哪也去不了

妹妹说，哥还记得么
你上大学那年，我第一次南下进厂
用的是萍姑姑的身份
直到十八岁换厂，听别人喊自己
总要慢一拍才敢回应

百年孤独

父亲六十三,独自一人在乡村生活
每天挑肥,种菜,闲来与两只狗为伴
儿子三十七,独来独往,沉默寡言
常常盯着网络,写些莫名其妙的文字

父子俩每年见面不过三回
每次说话不会超过五句
时间在他们之间制造了巨大的孤独

父　亲

当我们检点一生须从父亲开始
尽管父亲已年迈，不再对我们指手画脚
我们仍然头顶着他的天空
脚踩着他的土地

一把锄头在手，父亲惯于用耕种之术
制造着我们。"种子播下，就是望天收了"
当我和妹妹相继长大
他仍旧埋头做他的农民

不知从何时起，父亲不再发出咆哮
用粗糙手掌在我们身上留下烙印
父亲眼里不再露出凌厉的眼神
而把母亲的数落深深埋进心底

这是我们的宿命——

父亲把我们变成遥远的他乡
我们把父亲变成一串温软的记忆
当我们的手臂扬起又放下
我们仍然活在父亲的身影里

西西弗斯的撤退

上月初四
父亲搭便车来省城看望孙女
四个小时的车程
一路呕吐了八次
最后一次是在诊所门口
吐得立不起来

八年前，在广州高铁南站
他试图援下行扶梯而上
快速升至出发厅
数次爬至半途，稍作停顿
扶梯又把他送回原点

晚餐，小女嚷嚷着要喝豆奶
他不假思索把瓶口伸进牙床
全部兵力投入下去
敌人竟岿然不动

正午过后
他想再逗一次匹夫之勇
却发现已经不能

父亲的腰痛史

窗外白雪如盖。楼下锅炉房冒着热气
刚从一场剧痛中缓过劲来的父亲
回忆起他的腰痛史——
一次是十几岁从树上掉下来
把身体摔成一个鸟窝
另一回是三十几岁，他被一块大石头缠住
腰椎突然不能动弹，仿佛埋进一根钢筋
他的人生从此彻底改变了！随之改变的
还有一家四口，低矮的屋檐下
谁也挺不起腰来。每当大雪降临
他的双腿总能准时预告大地深处的寒战
雪总是从头顶白起，随之如膏药缠满腰间
当他走进医院，准备打场小小的埋伏战
无意间却拦截了一个更大的敌人
这个顽敌究竟是何时潜入、如何潜入的
他百思不得其解。他只知道
一场又一场雪无来由地下过来
下得须发皆白，天地皆白
下得每个子女都小心翼翼
故事尚未讲完，父亲疲倦地眯上眼睛
把身体蜷缩在白色床单里，如同一只

冬眠的刺猬，他仍在默默积蓄着力量

不知道下一场大雪何时降临

喝　酒

年轻时，一口米酒喷在手心
他起身扛起犁耙蓑衣
一人驱牛赶田如同号令三军
一碗酒下肚，他能深夜闯进雪峰山
吉时一至，几好的梁树便已入院

如今，他默默驻守老家
像一名戍边老兵，每天仅用二两米酒
把发黄的军功章压在箱底
他喝酒的姿势极为潇洒
起落之间，从未洒落半滴

老娘的意见

决定重修房屋之后
一家人驱车回家
讨论规划图纸、投资概算、庭院风格
立志数十年不落后

方案定稿前征求老娘意见
老娘扯下围裙说："别的我不管
房屋的朝向不能变
堂屋地基不能动。"

"你爸走了好些年了
不能让他找不到回家的路。"

辑 三

女儿和我

女儿和我

我只允许女儿骑在我头上撒野
除了日月星辰和不可知的命运

我对人生大事缺乏长远规划和持久信心
任何人都可以把我击倒
唯有女儿让我保持强劲

女儿让我重新接受这个不完美的世界
让我接受不快乐的教育
接受各种品牌的垃圾食品
接受不明渠道的定制消息
我尽可能心平气和地接受这一切
并找到其中的意义

女儿的到来把一个愤青变为父亲
把一个理想主义者变为现实主义者
把云朵变成岩石
让所到之处充满奇迹

丝瓜颂

从丝瓜架上长出来的文章
必定是细长细长
温软香嫩
迎风摇摆的

落入嘴里
必定是沁甜沁甜
溜滑溜滑的

等到秋天
把水分晾干
刨皮去籽
母亲拿它刷锅底
刷锅盖

它一会乌黑的
一会亮白的

它还是一道药
能通人脉络脏腑
用处可大了

心愿颂

植树节那天
曾老师领着全班同学
在春风里种下一棵树

小小枝头
挂满了孩子们的心愿
像迎春起舞的花朵
像叽叽喳喳的鸟儿

你写了什么心愿
——崽崽

我，先想写买一台卡丁车

想了又想
最后写的是
"语、数、英优星
体育优"

——乖女儿
这样好不好

正面写"语、数、英优星
体育优"
反面悄悄写
"买一台卡丁车"

正面和反面
春天都会读到
心愿都会实现

闪闪发光的事情

"爸爸，你小时候
有没有像我公主裙上的亮片一样
闪闪发光的事情"
——送学路上，女儿仰着脖子问

有啊！像你这样的年龄
我天天把脚丫踩在松软的田埂路上
迎面走来一群群打赤脚、扛犁耙的人
他们的身上，闪闪发光

晨光从雪峰山翻顶而过
把每个人的身影映在绿油油的稻田上
只有一个小小的背着书包的影子
被调皮的露珠镶出金边
——那是小时候的爸爸
闪闪发光

天黑了，昏暗的煤油灯下
一间常年漏雨的小房屋
被妈妈用奖状贴满整面墙
——那是咱家的藏宝库

闪闪发光

乖女儿啊，可惜时日已久
那些光亮已冲洗不出
像褪色的黑白照片一样
即使冲洗出来
它们也永远比不上——

此时此刻，你仰起的小脸
闪闪发光

延迟学

不过分别三天
一回家，她就成了一只蚂蟥
走到哪黏到哪
睡觉得枕着你的手臂
起床要拍打屁股才能醒来
说好的一个人睡
已经推迟到一百年以后
且美其名曰"延迟学"
不得不承认
延迟学是一门富有魔力的学问
若能有幸习得此道
外婆便能推迟溃烂
父亲便能推迟梗塞
我便可以推迟雪峰山的归程
此刻，枕着你均匀恬静的呼吸
我无端涌起一种沉醉
并决定推迟一点
喊你起来上学

跳子棋

因为年关将至
长期散落于抽屉的水晶球
被重新召回棋盘
发出幽暗之光

同步被召回的还有雪峰山的孙辈玄孙辈
一个个脑门呆萌
一双双滴溜溜的眼睛直盯着桥隧
一心要跳进对方家里

有的棋子长了飞毛腿
像快速过人的足球小将
有的连滚带爬，好像掉进了泥坑

屋内的欢呼雀跃
点燃了门外的大人们
久别重逢，他们大声打着招呼
互相递上一支烟

安全岛

每周一的羽毛球课结束后
孩子还会在球馆滑翔一会
爸爸下班归来无他事
在小区外的安全岛来回踱着步子

外出求学的儿子每逢节假日回家
母亲必整日守在代销店门口
嘴里扯着闲谈,眼里瞄着的
是渡槽那边远远走来的人

从虎形山升起的日头准时向岳麓山滑移
月光摩挲着陌巷里也照着长沙城
它看见两代人迎面相逢
有说有笑地走回家去

放学归来

手扶拖拉机突突突行进在山野间
额头冒出滚滚浓烟
车厢后紧跟着一群斜挎书包
放学归来的少年

从巷里转丝塘的上坡路段
是一个大直角急转弯
只要国成叔把速度略减一点
少年们一抬腿就会翻上拖拉机

手扶拖拉机顶篷的少年瞬间膨胀起来
就像一个得胜归来的将军
嘴角含笑，威风凛凛
山峦田野在两侧迅速后退

车过渡槽，各家炊烟纷纷探出头来
看到少年们攀援而下先后跳车
把自己收回原形
手扶拖拉机依然突突突在山野间行进

高粱饴

一回到黄金山的繁星之下
七岁女儿的留言似唐人绝句
清新脱俗，突如其来

她的声音
是从雪峰山的大峡谷传过来的
是泉水和露水浸泡过的

那甜甜软软的语调
就像少时的高粱饴
能噙在嘴里，咀嚼半天

辑 四

山间明月

山间明月

母亲熟睡后，月亮准时出来照看村庄
许多良夜，她来到窗外轻声喊我起床

山川熟睡了，四下无人，母亲正好上路
高高的白马山上，住着月亮般的宝莲寺

两个少年在月光铺设的田埂道上互相壮胆
月亮在山间移动碎步，为一群母亲引路

翻过七岭八寨和麻塘山，母亲的旧布衣裳
沾满露水。月亮一直把她们送到宝莲寺前

跪倒在仙娘前的母亲不知说了什么
空荡寂静的教室里，少年得到又一顿美睡

远山沉默

亿万年来，雪峰山闪耀着陡峭的沉思
和比沉思更加沉潜的骚动
像一头随时跃向天空的巨兽，而这
正是人们一次次逃离又返回的
理由

每次回故乡
我目睹一只只野物
为了潜回山林而把尸首扔在高速路上
血迹斑斑的辙痕
是它们留下的小传

我目睹汨汨流水四处往外冒
白衣少年的日益膨胀之心
再高的堤坝也拦不住
九头牛也拉不回

亿万年来，雪峰山以它永恒的沉思和骚动
对峙着天空
给了万物退避三舍的可能

山　行

只要往山里走上三里地
便能看到满山岩壁淌出的泪水
再往里走
便是久别重逢的呜咽

越往里走，乡思如水墨在宣纸上扩散
漫山遍野的杂树林，一窝蜂拥上来围追堵截
像一支士气高涨又纪律涣散的
农民自卫军

山路如麻绳
把每一个逆子绑向宗祠
在那里，他们终将认祖归宗

山川无边

扯猪草得去李山园
那里的猪草一年四季不断茬
扒叶、放牛得去椅子山
牛吃圆了肚皮会在水边发呆
取蘑菇还得往里走
二窝冲雷公岭上的蘑菇一窝窝地长
取两窝就够全家吃几顿

"莫贪玩，早些回啊"
每次出门，各家的娘都会叮嘱一声
回晚了，山里孤魂野鬼四处找伴
龙江水库的落水鬼容易缠身
雪峰山大得很
弄不好
一辈子都出不来

代销店

琳琅满目的代销店
一开张就是黄金山中心
照看小店的聪梅姑娘皮肤白皙
胸脯饱满如高粱饴

夏日午后，知了嘶鸣
少年把自己悬挂在高高的柜台
他的喉咙被无名小鬼占据
货架上每个宝瓶都令他垂涎欲滴

开拖拉机的表哥每次来送货
他们都会退至货架后嬉闹半天
笑声渐浓的间隙
少年的手偷偷伸向甜蜜的宝瓶

代销店陈列着糖果、香烟和火柴
少年触碰到高粱饴的瞬间
货架后传来聪梅姑娘一声呵斥
他的手指如触电，迅速缩了回来

新 鲜

大山深处的山民几乎搬空了
溪流如暑期孩子四处出没
大家在古老竹管前弯下腰来
掬水，洗脸，接受山川馈赠

崖边哗啦啦开出一树花
有人趁你不备，猛然洒你一身

鸟雀天未大亮时最为欢欣
它们在晨雾散去的枝头上迎候太阳
邀请万物一起发声

"我一时新鲜，一时混沌"
年逾九旬的祖母终日停泊在耳背中
她在三个儿子家设有港口
每月固定漂流一次

故乡的祷词

端坐正中的是雪峰山
天上神仙，地上菩萨，都在山中打坐
——雪峰山上众神在上
请保佑您的子民无灾无病
永享世间太平

紧挨着的是二窝冲、鸟竹湾
那是祖先们的安息地
——祖公祖婆在上
请保佑全家六畜兴旺五谷丰登
子孙后代繁荣昌盛

接下来是白家祖
守财奴般的爷爷继续看守着阳间的一切
——祖父大人在上
请保佑您的儿孙当官的连升三级
做生意的财源广进
……

每逢过年过节，驱车数百里
回到黄金山，几代人在神龛前躬身站立

集体作揖，听长者念念有词
把敬神的仪式重温一次
我在心里盘算着故乡的秩序
——以前是祖父，现在是父亲
以后就是我了

故乡的方位

山里人外出都说"下"
——下宝庆，下广州，下深圳，下南洋
大伙一直是这么说的

他们有时也说"上"
上街，上梁，上门，上香，上坟
那是另一种事情

离家久了，渐渐模糊了故乡的方位
春节期间，三叔见面问一句："什么时候下去？"
炉边人脸颊绯红，一时竟答不上来

在乡下

在乡下，一切都是慵懒的
只有雪峰山总是一副好精神
别人年轻时，他不显老
别人老了，他依然年轻

在乡下，出行要看方位，办事要掐时辰
一碗新鲜豆角做出来，要摆到神龛上
等菩萨和祖先享用过后
你才能端碗摸筷子

在乡下，人们无不是揣着炮仗来到人世
出生的时候放，过年过节放
人死了更要放得惊天动地
一辈子不弄出点声响，他们难得安宁

在乡下，人和万物住得近
他们在山里对歌或对骂，在草垛里打滚
在滴着雨水的屋檐下默默吸烟
言谈之间，都是鸳鸯神仙

在乡下，活着容易，而死是难的

他要活到儿孙绕膝、四世同堂
才能风风光光地死去，才能
从祖坟里刨出一块地来，伸伸懒腰

乡里人的说话方式

乡里人说话很有意思
他们爱你，你是"满崽"
讨厌你，你是"野崽"

他们咒人从不说去死吧
而是说"等天收"

不通往来，他们不说断交
而是说"黑面"

碰到烦心事，他们不说倒霉
而是说"见哒鬼了"

吵架时，他们脱口而出——
你这个炮子打咯
你这个刀子剁咯
……

乡里人一落地就和鸟兽草木为伍
他们的身体里住着鬼神狐仙
也埋着雷管火药

遇到了过不去的坎
他们跪倒在神龛前反复祈唤的
却依然是遥远的亲人——

祖公祖婆保佑!

乡村音乐会

在乡下，丧礼是一场音乐会
锣鼓、乐师、吹打班子一应俱全
烟花不时在天空贴出海报

诵经拜忏的道士入戏最深
他们的身段极其柔软
一支唢呐可游走最曲折的灵魂

堂前哭灵的戏子
一人分饰几代人数十个角色
动人处让围观者屏声静气

眼神呆滞的乡下人
在每场音乐会上心意难平
老半天移不动脚

遗忘曲

山川之间藏着鸟兽和江湖
三五年不回乡
你们会相忘得干干净净

河水会干枯，露出河床
田埂会变窄，遇见冤家
惟有井水每日吐露的都是新消息

田野所有的秘密藏在农人的脚窝里
犁耙不辞劳苦
一遍遍把它们翻动出来

当犁耙被锈迹缠身
农人就像一把生锈的农具
一转身把自己遗忘在自家菜园

乡村合影

大坳山最矮
其次是村落
这次，亲人们把它们全比下去了

绿油油的稻子最精神
整齐，饱满
一副心满意足的样子
其次是那只爱撒娇的白狗

衣衫整齐的亲人们
一个个努力挺直腰杆
显得底气很足
却都强忍住笑

外婆的罗家湾

若想回童年，须去罗家湾
那里山在，水在，外婆在

山是白马山，水是兰河水，村是墨砚村
河流把田野拨开的样子，有些漫不经心

老宅两次失火后，外婆使劲挺直腰杆
把土砖房立在村口最前沿
早晨，能挑回兰河第一担水
傍晚，能收到白马山最后一束光

九十岁的外婆耳聪目明
每次鸡鸣狗叫都能把她从半夜唤醒
脱口而出一串乳名

那时山是山，水是水
虾蟹成群结队在江里打滚

大地上的留守者

五百里外的雪峰山腹地
他们已留守多年
却迟迟未能接到撤退命令
细究之后，仙娘传出神谕——
前世冤孽尚未还清

她在浊气熏天的卧室门后支上撑脚
儿媳反复推搡，才能把门打开
她拖着浮肿的身子坐在堂屋一角
目光呆滞，喊一声应一声
他们黑面时半个月不说一句话
一套锅碗灶台，各做各的饭菜
一道屋檐，各滴各的雨水

更多人的石碑淹没在茂密的茅草丛里
你须挥舞锄头镰刀细细清理
跪在碑文前细细辨认
才不致颠倒辈分

有些地方一年四季被冰霜覆盖
你得备好火石燃料、三牲祭礼
有时，还得调动泪水

鸡禾冲的两棵古树

一百三十岁的闽楠树笔直往上长
一直长到半山腰
长到别的树木都长不动了
它才慢悠悠腾出手来
伸枝
分丫
长叶
在半空中排出一棵树的阵容

二百三十岁的青冈木憋足了劲
它横着竖着歪斜着
使劲扭曲自己粗壮的身子
摆出龙头
猪肚
凤尾的造型
让黄泥江的鱼群
一遍遍洄游至今

没有选择高山之上
也没有选择深山幽谷
两棵古树选择的是

——鸡禾冲

这片狭长逼仄

人烟稀少之地

成为远近闻名的神物

这给你的俗世

更添几分坚贞

老　街

儿媳妇说，老街多冷清呀
刘聋子家没几个钱吧？都搬走了！
但袁娭毑死活不愿意离开这里
她喜欢木房子的空旷
喜欢下雨天
钉鞋踩在石板路上的感觉

一到晚上，只要袁娭毑合上眼
老街就热闹了：裁缝店的学徒
给各家送去新布料子。河边的打铁铺
重新拉响了火箱。老酒坊、香油店
把浓郁的香气密密麻麻铺满了整条街
隔壁酒馆杨老板的大儿子
一天到晚都是醉醺醺的

袁娭毑还看到从前一干姐妹
成群结队花枝招展走在街上
她们总爱围住洋货铺子的小伙计问这问那
一问就是老半天
袁娭毑真想追上去骂她们几句
可她们一转眼就不见了

辑 五

大提琴手

大提琴手

故乡的高潮部分出现在新落成的高铁站广场
一条小龙和另一条大龙即将合体之前
一群人在另一群人前大声重复着各种地名
他们的身后是星罗棋布的车辆和城镇
之后是背景音乐般绕梁不绝的山体

从出站口依次登台的艺术家们
一个个拖着沉重的拉杆箱。此场演出中
他们要充任的似乎是大提琴手角色
对突如其来的高潮不无迟疑

曾祖母忆

被雪峰群山拱卫的村子
对着大片水田揽镜自怜
双目失明的曾祖母不事稼穑
把自己打扫得一尘不染

当她伸手摩挲时万物最柔顺
亲切的木门总会报以悠长叮咛
迎候最快的曾孙
将获得冬夜暖脚的奖励

每天傍晚，子孙如晚朝
拥向她的居所
她用昵称宠爱着来者
半碗午酒在她脸上染出红晕

她的一生被四儿六女占据
她最疼爱的满崽不明不白先她而去
自那后，女儿们挨个回娘家接她
就像迎接女皇出巡

九十岁寿辰当日

她突然粒米不进闭口不言
就像儿时的漂流瓶
若无其事带走所有秘密

祖上的艺术家

我自小在曾祖父长长的胡须下玩耍
见识过他视若珍宝的几本线装书
每逢初一十五或祖先祭日
曾祖父摆放桌椅，取出卷册，在神龛前躬立
唱出一段段抑扬顿挫的经文

祖上虽寒门，但过年必备半月酒席
做寿必请戏班
谁家老了人，族人必会在法师引领下
吹吹打打，一路逶迤上鸟竹湾

他们对老的时辰极为讲究——
祖父是正月初一凌晨，天未大亮
曾祖母是九十岁寿宴翌日
曾祖父早早测算了自己大限之时
并对后事做出安排：谁负责迎宾
谁负责致祭，极其详尽

颇为滑稽的是
规定时辰一到，老人家并没有咽气
但他依然吩咐孙辈赶紧鸣炮放铳
生怕错过了良辰吉时

江边的芭茅草

在一把枯草的引燃下
呼啦啦焚烧的纸房子像信笺随风飘散
进入天国或地狱
——儿孙们说
这是老人的最大遗愿

江边的芭茅草目睹着一切
它披头散发的样子
像极了一位游吟诗人

这套反复上演的礼仪
或许是芭茅草命运的一部分——
入秋后，当万物步入枯黄
它仍会头顶一束束白冠
面对河流反复叩首

远远看去
就像有人在世间戴着长孝

上海牌手表

听闻二叔的手表丢了
祖母摇身变成一名神探

"哈宝，是不是你拿的？"
她用瘦小的身体把我堵在里屋
并迅速锁定餐柜和老鼠洞
作为可能的窝藏地

"好好想想，到底放哪了？"
祖母一阵阵拧着发条
眼神如刻度，有不容置疑的威严

她把一个虚无的表盘
刻进一个少年的脑门
里面"嘁嘁"地走着秒针

君子兰

是久候方至的胞妹，在情人节那天
捧它进的门。初见之下
那会不会是当年某株秧苗的变异

它宽大叶子伸出的回忆
把入户阳台伸展到故乡的水田
盛夏时节，在某种力量驱使下
蜻蜓四处飞舞，黄牛喘着粗气
人们一次次弯下腰身

我相信它能开出花来
有次在九升田，兄妹俩一边插秧
一边闲聊，说起某件人事
他们顿时笑作一团，经久不息

少年时代的电光石火闪耀至今——
涟漪一圈一圈往外扩散
四面青山在水田摇晃
秧苗在肥力催促下快速抽穗

蔡锷公馆

初到此地的时候，他年纪尚小
这座人来人往的大宅子，名唤武安宫
父母在这里打豆腐，蒸酒，结交四方朋友
他在楼上读书习字，一时兴起
便有一串好句子脱口而出

那时，他是远近闻名的神童
路边村的秀才、纸笔店的老板、宝庆府的知府
一个个打着问号来，都被他扳成惊叹号
他的对子就像山间云彩斑斓飘逸
天衣无缝

十三岁那年，他从牛场码头出发
带着黄泥江的涛声进宝庆，经长沙，赴日本
从此天南海北。几经辗转，他声名日隆
而脸颊越来越瘦，正如手中那柄宝剑
寒光闪闪，直指苍穹

等他再度归来已是一尊铜像，永远定格在
三十四岁。大楼门额高挂着他的名字
深深的庭院里，戏台上空空荡荡

青石板青筋毕露。一切仍是故乡的样子

秀云观香火不断，回龙街人流如织

黄泥江上的桥

黄家桥是长子，目光远大
肩宽臂粗。办事不问轻重，待人不论亲疏
无论外面怎么熙熙攘攘，他都不言不语
默默承担着家族的盛衰沉浮

观音风雨桥是小妹，声音甜美
光彩照人。当她提着篮子走过河边的时候
每条狗都朝她摇尾巴
每个男人都想讨得一枚笑容

龙井大桥是家中老二，长得人高马大
但性情古怪。他后来到山里做了一名教书匠
一身傲骨，两眼望天，对人爱理不理
只把清风鸟语笼在袖子里

马颈石桥，水东老桥，分守黄泥江的
上游和下游。那是爷爷辈的人物
皱纹纵横，老态龙钟
很多事情已经记不清了

只记得1945年5月，一队队日本兵

急匆匆走过，等到完全走进包围圈

正是残阳如血之时。那一夜，黄泥江两岸的狗叫

不依不饶。人们还没有合眼，天就亮了

回雪峰山

远行的游子回雪峰山定有缘由
某次是大学期间护送挚友回家
我接到伯父意外身亡的通知却不能发布
只能如沉沉山川兀立无言

一路上，他不停向家人打探消息
每次反过来宽慰我
更是宽慰自己

雪峰山一定洞悉了我的心事
当我隔着车窗对它做出长久的凝视
它使劲拱起乌黑的鲸鱼般的脊背
不让翻滚的乌云掉落下来

旧照片

惊鸿一瞥的摄影师
把文学课后的同伴定格在雪峰山下
他们身着蓝白校服或粗布衬衣
或蹲或站，似梦似醒

那个脸色凝重、颧骨高耸的人是谁
在他身旁，一对对观音童子眉清目秀
保持着经文般镇定
为何只有他愁容满面

也许秘密就藏在摄影师按快门的手中
只是他已隐身不见
青春的水漂石一直没有沉底
不时在微信群内溅出动静

垂暮之年

每次回乡探望，我从不提前告知她
免得她魂不守舍
见面后，我总把她的双手握在手里
免得她手足无措

每次，她总要大声问清来者是谁
一边把早已叛变的眼睛和耳朵数落一番
紧接着，她必然要收起颤巍巍的手
把贴身包袱从胸前取下，一层一层解开

她念叨的虽然是陈谷子烂芝麻
但永远是青壮年代的事情
每次，曾祖父疼爱地称呼她"满崽"
作为对大媳妇能识大体的勉励

她自然有击鼓骂曹之举
有胡搅蛮缠之时，有时逼急了
一句狠话放出来，就像秤砣砸在地上
几十年过去仍是一个坑

如今她把自己关在里屋

整日不言不语。既像狱卒，也像犯人

几次我起身欲走，她都央求我再坐坐

像一个女儿满是期待

墓园所见

那些生前无缘相会的人
如今谨遵号令，排列得整整齐齐
和生前一样，他们的地盘有大有小
头衔有长有短，位置有高有低
有的只留下一个普通名字
有的名字后面刻着长长的事迹

他们的灵魂还常回来看看吗
若是能够抽身回来
有理由相信
他们一定会对排名先后毫不在意

辑 六

粗布衣者

粗布衣者

会议室过道转角间
一排排粗布衣者如手中撮箕
低眉顺眼，正在聆听训示
隔壁圆形大会堂，另一群人正襟危坐
正在慷慨发言

——低温雨雪天气已经到来
哪里需要重点关注，哪里需要提前布置
一座城市的颜面就掌握在他们手里
任务如此重大，他们不得不详加讨论

无须多久，只待一声令下
这群粗布衣者就会立即出动
让每一条街道恢复最美妆容

他们的慈悲心肠是怎样炼成的
甘心整天与污泥脏水生活在一起
一切不得而知。他们用一身粗布衣裳
向外界亮出了一道防护线

扫地人

扫地人是萧萧落木的一部分
雨天扫雨，雪天扫雪，晴天扫落叶

扫地扫久了，他的衣裤印满污泥
眼神空洞，脸色与水泥地愈发亲近
竹扫把有节律的沙沙声
像初冬大地沉重的呼吸

他原本不是这样的
初进大院时，他是乡村艺术家
一地银杏叶让他视若珍宝
一地杏花让他疼惜半天

他曾经就着一地桂花饮酒
在人去楼空的大院子
月亮高高地照着，他怎么也喝不醉

那时，他刚刚进城
老伴尚未病故，儿女前程远大
他料定自己必是有福之人

工地颂歌

湘江西岸正在施工的泥泞地
向天空徐徐展开一幅巨幅油画
那是油画家青睐的颜色

这支燃烧的画笔不吝笔墨
不断刷出钻机、挖掘机、大水坑
和工蚁般忙碌的人们

楼上的手机全景迅速捕捉了这一幕
这支头戴安全帽、浑身泥泞
却井然有序的蚂蚁军团
必是从一座座雪峰山出发
跋山涉水来此集结的

多年前,他们中的一只偶然从泥泞地爬出
拐进这栋大楼。裤脚的泥巴印
至今没洗干净

他以一只蚂蚁的极大耐心
在每个楼层巡视一遍
工地上,有人拎起铁具
敲出"当当当当"经久不息的颂歌声

女画家居室的人字梯

装修队纷纷离场时
独独他被留了下来

当他在装饰一新的阳台一角蓬头垢面
缩成一团，女画家走近了他

用她拿惯了画笔的手接过刷子，拧开水龙头
把他从头到脚一点一点洗刷干净

用她的用旧了的画笔
沿着纹理为他上色、化妆、系领结

"他为这个家干过最脏最累的活
就应该帅帅的、美美的！"

因为女主人的召唤，画布上的精灵们纷纷走出来
和他唱歌，跳舞，交朋友

他平日屹立如雕塑
静静护持着女主人的沸腾画布

目击成诗

——写给邓秀娟

她有目击成诗的本领
面容沉静如诗典封面

在她端坐之地，湘江焚香绕膝而过
麓山如鹿，藏着锦绣文字

写诗前，她必先止语把脉
查看舌苔，细细聆听五脏六腑

岳麓山在这一刻回到雪峰山
麋鹿返身摩挲自己的角

沉吟片刻，她拧开笔盖，取出便条
专心致志地书写——

天麻 20 克，黄芪 30 克，菊花 10 克
一看，就是一首田园山水诗

她用的是旧时蓝墨水
写的是诗经楚辞里的物种

重逢帖

——梅溪书院遇故人

最好是在书店一角
满满当当的人围着几个人
就像一册正在发布的新书
满满当当的汉字拱卫着封面
你一袭长衣，刚刚从书中走出
肩披江离辟芷，腰系薜荔女萝
那是楚地白公城的风俗
问及你的名字，不禁想起
晋太元中的一段往事：
"缘溪行，忽逢桃花林
山有小口，仿佛若有光……"

若要设酒杀鸡做食
还得回到山中

干　果

一颗干果，被递到老头嘴边的时候
凯德壹中心的电梯门打开又合上
似乎窥见了什么秘密

老头额角的黑色斑块被灯光照亮
他身旁的妇人看不到这些
她此刻宠爱的是手中零食

他们身披一件旧布袄子
斜靠在弧形沙发上的默契
一定是被无数果子喂出来的

这枚干果发出的讯号
让凯德壹中心第三台电梯
放空沉底后，又再次回到第三层

拴在树上的狗

它四肢并拢的神态甚是端庄
微微竖起的耳朵甚是友好
唯有白额覆盖之下的眼珠如黑钻
不时射出冷兵器时代的光芒
让一地绿植俯首帖耳

它对过往行人神情漠然
唯有腥荤食物令它兴奋
让它抖动耳朵，迅速弓身起立

你看它瞬间食欲大增
如清晨的第一缕阳光照进树林
它用鼻子嗅，爪子挑，舌头舔
确定食物安全无虞后
它并不急于入口，而是扭动身体前滚后翻
用原始部落的舞蹈
迎接旭日东升

它在热烈庆祝神的降临
因为兴奋难抑，它差点忘记了
套在脖子上的绳索

绳索一端的枞树，它平日的忠诚伴侣
此刻是它的敌人

题岳麓果趣谷

世间之事毕竟不同
同样是山，春天的岳麓山人流如织
而王家山空空荡荡、门可罗雀
同样是花，梨花、桃花大大方方在山谷受孕
而樱花、芦花只宜在路口迎宾
同样是白，梨花白丰满挺拔，貌似贵妃
而樱花白低眉顺眼，状如小妾

但果趣谷的黑脸汉子黎叔不管这些
他像料理自己的女人一样
精心料理着这里的每一片果园
白天守着，夜里搂着
有花的让她开花，有果的让她结果
当着一群文化人发言
即便打了草稿也会微微脸红

就像山坡上那株杜鹃
一见面就能掏心窝子

辑 七

通往麓山的路

通往麓山的路

说起当年来岳麓山求学
来自石门的学长印象深刻
他要跨越澧水、沅江、资江、湘江
转两次轮渡，经一天一夜
才能抵达爱晚亭

我则印象模糊许多
那时搭的是县城的直达卧铺车
黄昏出发，次日凌晨到达
一觉醒来，人已置身熙熙攘攘的汽车南站
再转乘 6 路车和彭立珊专线进入木兰路
二里半的包子正热气腾腾

我和学长第一次相遇
是在岳麓山下一个名叫时间仓的餐馆
攀谈之下，我们的家乡有诸多相似
——山环水绕，物产丰富，盛产蜜橘
崇尚读书明理，修身养德

就像姑娘出嫁、男儿投军
不管山高路远，家乡每条活水
都要注入洞庭湖

山里见

在老家必是桐山大屋
在长沙则是爱晚亭
好友来，常约山里一见

满山鸟鸣可弥补主人木讷
斑驳碎影可摇落非分之念
累便歇脚，渴便饮泉
偶尔问道于隐居之人
寻一处古树林踯躅半日
见山是山，见水是水

山里的松针落得轻
一如时间的圣迹

陪母亲登岳麓

头次来省城的母亲
点名要上岳麓山
行至半山亭
晚辈们开始气喘吁吁
从白马山下来的母亲
只是笑笑，不说话

进入岳麓书院、麓山寺、云麓宫
母亲总要躬身唱喏，毕恭毕敬
问及原因，她似乎答非所问——
"都是菩萨的修行地"

为了赶路，一直避开名人墓庐
但行经蔡锷墓时
母亲执意前往
领着大家整肃面容
行跪拜礼

我知道，这个老家的短命将军
已在她心里住了大半生

和杜工部先生笔谈

和先生有所不同
那日携妻小登上白马山之巅
一览众山，层云荡胸而来
顿觉群山耸动如海
人生如帆亦如寄

岳麓山的五月
也不像先生所言那般寒凉
无事来此盘桓半日
清凉境界是有的
但须把庙堂江湖置之度外

即便如此
晚辈仍要奉先生为隔代知音
"一重一掩吾肺腑
山鸟山花吾友于"
吾辈此生钟情处，正在于
开门见山，赤足而行

自先生而来
王朝更替、江湖险恶从未有变
山川妩媚亦从未有变

夜读王羲之

我不羡慕《兰亭集序》
那满纸烟云的四百零八个汉字
不过是神的旨意
一旦时过境迁
纵使王羲之用尽平生所学
再也写不出来

我不相信宰相府的千金
会爱上一个袒胸露腹、我行我素
视相亲为儿戏的家伙
一切不过是父母之命
不过是大家族之间的政治游戏

我羡慕的是
在"千里无烟爨之气
华夏无冠带之人"的时代
朝廷偏居一隅
诗人依然可以纵情山水、曲水流觞
让后人记住永和九年那场微醺

我羡慕的是,一千六百年前

王羲之在《十七帖》中所言：

"吾有七儿一女，皆同生……

今内外孙十六人，足慰目前。"

麓山晚祷

岳麓山，当我怀着沉重的心情
一次次迈向你
就像落日迈向地平线

我祈愿——
所有我口出的狂言，都被你化作满山红叶
所有我淤积的困闷，都被你奔涌的河流冲开

我祈愿，那敌寇攻不破的城池
我也能坚守到底
那千年不绝的斯文一脉
不会到此断绝

蓉园春色

今日在蓉园，在潇潇的春雨中
我看到树木在大口大口地吐着落叶
这些百年树木一夜之间就换上盛装
像是要出席庄严的新年大典
他们高大魁梧，神采奕奕，一望无际
即使暴风雪也没教他们屈服
他们奋发的心情比谁都要急切

灰汤小镇

在你年轻的时候
请不要来灰汤小镇
沸腾的温泉会把你的骨头泡软

若是你来到灰汤小镇
请不要轻易上东鹜山
清新的风会把你的心吹乱

若是你尚未炎凉阅尽
请不要忘记外面的世界
那里有你的大好前程

若是你已经百战归来
请不要心灰意冷
这颗名叫故乡的心已经炙热千年

炭河古城

我已经来迟了吗？
这里城门大开，火光冲天
卫士们已经走散
成百上千的工匠汗流浃背
正在赶建一座盛大的宫殿

偌大的城池，没有人理会
你是谁？你从哪里来？
没有人在一头羊前脱帽致意

按照礼节，依然勒马伫立
在城门口大喊三声——
青羊公主
我奉周天子之命
要把九十九头羊送给你

夕阳下，一个织着长辫的牧羊女
赶着云朵般的羊群
言笑晏晏向我们走来

她驮着一个青铜色的王朝

一只羊在密密的树林里迷失
她的眸子里闪耀着青色火焰
直到来到这个无边无际的湖泊
她才把身上沉重的青铜器皿卸了下来

她在林子里迷失已久
各种兽类把她追逐，让她惊恐不已
直到她听到山上传来的阵阵佛号
才把一颗忐忑的心安定下来

她驮着一个青铜色的王朝
不知道要去往哪里。高高的青瓦下
一件藏青色袈裟正等着她
要她点燃一盏青灯

密印寺印象

风从菩萨的指尖穿行
也从我的指尖穿行

云从菩提的天空飘过
也从我的天空飘过

树在祖师的目光下生长
也在我的目光下生长

当我虔诚合十行礼默诵经文
佛像庄严，向天空伸出万千双手

菩萨如我等芸芸众生
一定病过痛过，狂歌过，痛哭过

万般无奈之下，她选择
退避三舍，把自己站成一尊佛陀

夜宿浏阳

夜宿浏阳
这座青山绿水环绕的小城
我要把自己打扫得干干净净

我要用大围山吹来的风调匀呼吸
用浏阳河掬来的水洗净污垢

在世界没有堕落之前
我要对她永葆信心

靖港新娘

镇子已经老了
战船退回岸上，水手退回故土
河道也一退再退，让历史
在半遮半掩中露出面容

最怕见到的一幕是——
她已经老了，仍然打扮得花枝招展
每天在大街上来回走动
在每一个码头等待她的归人

她空空的眼神，哀怨的嘴角
能把人心挖出一个洞
能从历史的烟雨中捞出一根白骨

在铜官窑与一群渔女相遇

在铜官窑与一群渔女相遇
她们乘一叶小舟，似乎刚从远处归来
又像在等着谁一同出发
个个长鞭及腰，身着绿装
胸前山水连绵起伏。双腿饱满
如一对莲藕

当我在展览馆与她们不期而遇
指尖顿时变得温柔，仿佛那些曲线
全部经由我的双手捏出
我的耳边传来汩汩流水，心中燃起
熊熊火焰。某月某日
我和她们一起黏合，一起燃烧
一起开花结果

我不知道她们在外面漂流了多久
偶然在此驻足
她们一定看到了千年窑火早已熄灭
江边熙熙攘攘皆为路人
但她们不管不顾，依然兴致盎然
她们眺望的眸子里
绽放出永恒的春色

不必迷恋那朵浪花

——观梅溪湖音乐喷泉兼致友人

久居集市之人，骨子里仍埋伏着一管音乐
一只鸟，一朵云
埋伏着一腔早被漂白了的热血

此处不宜久留。再往前
便是深渊
静时波澜不惊，动时
千军万马突如其来
惊天动地，瞬息万变

你我相逢在这一场梦幻泡影中
只有缘分无尽。不必迷恋那朵浪花
也无须在深夜万念俱灰

遥远的江湖深处
另一场潮汐已经启程

袁家岭上

（一）

进入袁家岭地界须先润喉清嗓

备好高音低音卷舌音

帷幕拉开

台下就是一堆黑压压的人头

每人两只亮晶晶的眼睛

（二）

压低嗓子进入新华书店

无数亮晶晶的眼睛透过封面一齐投向你

压低帽檐进入友谊商店

无数热辣辣的眼睛穿过收银台一齐投向你

压紧荷包进入火车站长株潭汽车站

无数混浊的眼睛漫不经心投向你

（三）

旧时光消失于 2000 年夏季

新拓改的五一路就像我们的一手青春
散发出热烘烘的气味

戳着中心点图章的派遣证揣在兜里
我们把自己扔在五一路尽头
连同热烘烘的哭泣

"到这里，送你就送到这里"
你不是带走了一颗心
而是带走了一座城

（四）

进入袁家岭地界须平心静气
帷幕拉开
开口便是花腔女高音

小院素描

楼下花盆底座上的箴言从不发声
花开在它近旁的枝头上
那是另一个遥不可及的
世界

喷泉池喷头的斑斑锈迹
耽于对流水的冗长回忆

八岁女儿和她七岁礼物的厮守
令高楼垂下自身陡峭
回到古老的书童角色

雪峰山的儿女
到哪都携带一座山
晴耕雨读

不速之客

往日，来自雪峰山的飞禽走兽
均是在披上食品袋后
悄无声息地进出城市居所

就像旧时代的使唤丫头
它们循规蹈矩，低眉顺眼
从不宣示自身的存在

这次，老家送的是三只活物
一进电梯间，它们就迅速挣脱绳索
自告奋勇开展多项表演

它们酣睡的样子极其温驯——
双足弯曲，以头点地
一旦睡下，世间之事便不再过问

面对不速之客，束手无策的是
主人。它们在睡梦中每抖动一次翅膀
昏沉沉的夜晚都要翻一回身

荫家堂

你或许永远不能理解古人的斯文
申承述大掌柜，一个做大米批发的生意人
当历时十年的大宅建成
他只命工人师傅在青砖上刻下 26 个字
记下竣工时辰
如账房先生记录一笔平常生意

你也不能理解古人的荣耀
四进六横，四十四个天井
"檐牙刺天，栋角连云"
共计正屋一百零八间，杂屋六十间
足以接纳五代申氏后裔

踏进两百年前的堂屋
光影如昨，门窗雕刻如新
墙头的英式座钟瞪大鹰眼，如露亦如电
堂上儿童正专心致志玩着乐高
堂前几个老妇人闲坐
说的是前朝秘闻

在蒸水河前仰望荫家堂

你会因祖先的豪壮而莫名羞愧
转而在房前屋后逡巡
装出一颗闲云野鹤之心

汨罗江水是怎么上涨的

——送别诗人艾红

题记：2020 年 5 月 29 日，诗人艾红因病辞世，年仅
43 岁。6 月 6 日，部分长沙好友在岳麓山下羊城茶馆
举行艾红诗歌分享会以表哀思。会前，诗人易彬发来
刚整理好的艾红诗选电子版《幻想是我一生唯一的事
业》。读诗思人，乃成此篇。

在这个似乎什么也未曾发生的周末
诗人易彬教授发来你的遗稿——
浅底蓝字的封面，是蓝墨水在人间最后的舞蹈
带着汨罗江子夜时分的凉意
其时，设计师言壹先生的纪念海报刚刚出炉
无边无际的海洋涌动着你的名字
你和一生事业在虚幻中得以暂停

"人生就是一条流向沙漠的河
消失在视线之外本是他的目的"①
只有说出河流的语言，逆流而上的鱼群

———————

① 出自艾红诗句。

才不会感到战栗。它们的腹鳍
努力让自己处于旋涡之中的平静
大地之上，风波亭外
死难和祭祀每天都在发生

可惜送别并不是一件训练有素的事情
数日之前的树木岭地界，当救护车缓缓驶入航空路
之后头也不回驶向家乡，门坎、非牛和我
几乎全部陷入跛行。永别了，兄弟
我无法阻止你命定的归程
只能用掌心珍藏你炽热的额温
你向不多言，仅以一册诗书辞别世人

你曾把这册诗书命名为《一生就是一死》
那是在麓山之下人声鼎沸的集体宿舍
现实的吊诡之处在于真诚总沦为笑柄
多年来，你身披隐身袈裟在人间潜行
为了拴住洪水猛兽，不惜断指明心
生活的暗疾，你不曾向我吐露半字
直到素昧平生的黑衣人悄然光临

2018 年 4 月，你首次把聚会设在医院
三尺病床上，你一次次艰难地举起双臂
就像黄昏举起落日。说起事发当天
你清晰吐出一串数字：12 点 26 分

之后的事情则永沉海底

——自那以后，无论大家怎么引诱

视语言为情人的你就此罢笔

"死为真理，故动听埋得过深"①

你的笔墨纸砚终究要埋在蓝墨水的上游

那座盛产诗人和将军的小城

你选择在儿童节成为真理

人们不得不用儿童的尺度去责骂一个诗人

可是我为什么凄然失声，在你灵前

汨罗江流经之处，癫头跛行之人处处可见

要知永别从来不是一件训练有素的事情

就像平江之水自古以来何曾平静

当来年野花盛开，汨罗江水会再次上涨

生性多情的诗人会瞬间恢复记忆

他将再次猜到"美人蕉初放的理由"

以一条蓝色河流的耐心

等待一匹跛行瘦马的出现②

---

① 出自艾红诗句。
② 出自艾红诗句。

辑八

短歌

短　歌

今晚夜色真美呀——
天空像一间列坐星辰的教室
云朵换上舞裙和舞鞋
——她们已经多日未穿了

远方的风夹带着熟悉的母性鼻息
草地上不时有人默默经过
他们的面容和星辰草木一样亲切
他们的脚步和星辰草木一样默契

飞天者

沉潜和摔打是飞翔的另一种姿势
伤口愈合处会长出翅膀

绕地球一次大约需要 90 分钟
也可能是五千年

加速，加速，加速
下一站：星辰大海，浩瀚宇宙

大樟树

一棵 500 年的大樟树
把树冠撑开在雪峰山上
把根须伸到溆水河里
树下集合的，是一群天亮就出发的人

八百里雪峰山是脱贫攻坚主战场
一棵棵大樟树下集合的
是一群天亮就出发的人

奋进者永远在路上
等待者永远在等待
雪峰山巍峨耸峙，迤逦出长城之象
溆水河辗转腾挪，蜿蜒出北斗之形

告　白

"有一种情谊，光是遇见
已经是人生的上上签"

我愿意在洁白的信笺一遍遍地写
一遍遍用古老的方式寄送
希望您能看见

黄金时代，我们都需要锻造一颗
金子般的心

拉萨一夜

——兼赠陈跃军先生

我与月亮最近的一次
是在拉萨上空
凌晨一点的月亮
多么像我们明净的孩子
她进了校门，依然回过头
两眼汪汪看着你
让你不忍离去

我与拉萨最近的一次
是在月亮之畔
这架执行夜航的客机
多像近乡情怯的游子
它在空中缓缓盘旋，盘旋
一直盘旋到内心打鼓
又振翼而去

贡嘎夜话

——写给长沙市第八批援藏队员

三年的糌粑想一夜倒完
怎么可能

高原茶要走三道
才能敲开碉房的门

此刻，银河系睡着了
贡嘎山放下了他的雄壮和陡峭

说吧，你就说说
雅鲁藏布江是怎么拐弯的

晏子青稞是怎么破土动工的
东拉乡的水管为何要埋三尺深

你就说说，伍国强的皮肤为什么这么黑
贡嘎蜂蜜为什么这么甜

那么多汉子，每天野牦牛一样往前冲
一座座雪山，慢慢爬上你们的额头

三年的糌粑三天三夜都倒不完
雅鲁藏布江的雪水永远断不了

注：伍国强，湖南浏阳市农业农村局专业技术人员，1997
年参军入伍，先后五次进藏服务，2019年被中宣部授予
"最美支边人物"称号。

丁酉年新春致父亲

新年虽有旧伤
但火红的太阳已跃上高空
皑皑积雪已消融殆尽
大地又迎来了她的新生

儒雅帅气的睿子兄专程送来《百子纳福》
一定是观世音菩萨派他来的
画面上的孩子们穿红着绿，敲锣打鼓
大声宣告着春天的到来

欢　喜

鸿雁列队飞过大湖
麋鹿在山中蹚过流水

披上袈裟，得遇菩萨
双手合十，听见梵音

风云岁月，走遍伊犁河谷
杖朝之年，同赴华山之巅

挂念时，含着笑
祈祷时，捧着心

你说什么，便是什么
我不说，你也懂

提灯女神

"生存还是毁灭？这是一个问题。"
那天晚上，我在五花大绑中醒来，一眼就认出了你！

你在黑暗中向我微笑，手中提着一盏灯。

怀战友

吹哨人迎来了死神一声哨响
您的灵魂沿着天梯上升
进入女娲行列

在这珍贵的人间
得救者不得不噙着热泪
踏着你的灵柩前行

风语者

几乎每天都是如此
温和的风，先在林中抹净了脸
再来问候我们

风生气的时候反复往墙上撞
树木们反而兴高采烈
他们已经沉默太久了

风鼓动山头起来造反
山头回以一地落叶

当飓风发表长篇演讲的时候
云朵雨水就会躲得远远的

没有狂风暴雨的喋喋不休
树木不会把根扎进大地深处

天空虽有风雨雷电
却不能阻拦祈祷者

只有等风洗脚上岸后

大海才能得到片刻宁静

树木不知道风霜雪雨何时造访
他备了一把伞总是等在那里

雨水从三月下到五月
万物湿漉漉的
他们集体陷入了对春风的回忆

命运以风统治着我
让我在人间疯言疯语

第二次是决定成为一名诗人

最近，好莱坞大片《阿凡达》在院线再度热映。剧中主人公在通过严格考察正式成为部落成员时，有一句台词令人印象深刻："纳威人说每个人都会出生两次，第二次是你在族人中获得永久地位的时候。"

这句话，用在另一群人身上同样合适。

——每个人都会出生两次，第二次是决定成为一名诗人的时候。

我第一次萌生要做一名诗人的想法，是在初中语文课堂。语文老师欧阳炎中先生讲授的《敕勒歌》，让我第一次有了灵魂出窍之感，仿佛自己就是西北大草原里的某只牛羊。"天苍苍，野茫茫。风吹草低见牛羊"。这种景象我并不陌生，但如此雄浑天成的诗句依然深深打动了我。

遗憾的是，当时的环境并没有给这位有志于成为"诗人"的少年太多机会。作为雪峰山区里的寒门长子，他担负着"鲤鱼跃龙门"的家族使命，上学要当好学生，回家要做好孩子，农时要忙农活，闲时要打工赚学费。他的世界不在山川合围的村庄，就在围墙高筑的校园。在如愿以偿考上大学之前，他的活动轨迹始终固定在两点一线之间，少有偏移。记得 1996 年盛夏，高考成绩发布后，他从县城看分回到村里的第一件事，就是脱鞋子，挽裤脚，下到责任田，拾起父母割下的禾把，费力地踩动打谷机。

当一个农家子弟提着仅有的十个指头闯入城市，自然不必讳言自身的卑微、局促和胆怯。作诗如此，诸事亦然。

我常对诗友们坦诚相告，诗歌于我，就像一个披着面纱的美丽姑娘。即使在爱上诗歌多年之后，我一直没有揭开这位美人的神秘面纱，多年来，与这位美人的关系一直若即若离。

换一个说法，作为一名有志于成为诗人的人，我的创作源头在哪里？那些属于自己的句子在哪里？作为诗人的这个"我"和那个"我"有什么不同？对于这些问题，长期以来，我是模糊不清的。我也十分清醒，过去的大部分习作是无根、贫血的作品，是注定长不大的"早产儿"。

《红楼梦》里有一个意味深长的故事：香菱学诗。脂砚斋就此曾有一段妙评："细想香菱之为人也，根基不让迎探，容貌不让凤秦，端雅不让纨钗，风流不让湘黛，贤惠不让平袭，所惜者幼年罹祸，命运乖蹇，致为侧室。且曾读书，不能与林湘辈并驰于海棠之社耳。然此一人岂可不入园哉。"是呀！香菱虽然身世飘零、命运多舛，原本也是出身读书人家的千金小姐，怎能不进入大观园呢？

只有入园习诗，才能凸显和成全她本性的高洁。

只有入园习诗，她才能与黛玉等园中姐妹同心相应、同气相求。

只有入园习诗，她的一生才是不虚此行、超凡脱俗的一生。

其实，世间诸子都可能是带着慧根诗根而来的"香菱"。久在樊笼里，焉得返自然？他必定需要大观园的唤醒，需要诗歌的滋养，需要一次次"灵魂出窍"的生命体验。

2018 年 8 月 1 日，利用公休假期，我再次回到生我养我的雪峰山。与以往任何探亲不同，这是一次真正意义上的精神还乡。

只因有匡国泰、马迟迟两位师友相伴。

匡国泰无疑是从雪峰山走出来的代表性诗人。二十世纪八十年代，他携《如梦的青山》《青山的童话》《鸟巢下的风景》《一天》等诗作走进文坛，把一个如梦的山川奉献给万千读者。据说，他年轻时利用在老家做电影放映员的便利，踏遍了家乡的山山水水。遇上好山水，一住就是三五天，人尚未离开，妙句即如泉涌而来。这些年，退休的他脚力未减，头戴遮阳帽，手持摄影镜头，如大地上的行者，不是身在山水之中，就是在去往好山好水的途中，堪称谢灵运、李太白的隔代知己。

马迟迟，同样是从雪峰山走出的青年才俊，把诗笔和取景框运用得如有神助，得到众多方家垂青。

俗话说，"三个姑娘讲花样，三个媳妇讲鞋样"。三个闲散诗人行走在故乡山川，穿越晨曦黄昏，一切景语皆诗语，一切诗语皆情语。走着走着，就勾起了诸多往事；聊着聊着，就抖落了一地碎玉。

记得很清楚，正是在位于家乡县城雪峰山腰一个叫"空山"的庄园，三个人在月光下品茶至深夜，星空如盖，大地如舟，月华如水。我想起了久违的初中语文课堂，想起了那片在大草原中时隐时现的牛羊，想起了世世代代在这片土地里辛勤耕耘的乡民，想起了那个久埋于心又略显荒诞的想法。多少年来，我来自雪峰山而不自知，栖身岳麓山而不自明，身披明月清风而不自言，心存乡土芬芳而不自信。"万年仓里曾饥馑，大海中住竟长渴。当初寻时寻不见，如今避时避不得。"心中所现，的确是古人笔下这种感觉。

每个人都会出生两次，第二次是决定成为一名诗人时。

自那以后，只要有机会，我会一次次回到雪峰山下，回到那个生我养我、我之为我的地方，像候鸟一遍遍飞过家山，像鳗鱼一次次洄游而上，只为了写下那一行行忠实记录雪峰山心跳的句子。

"乡里人一落地就和鸟兽草木为伍/他们的身体里住着鬼神狐仙/也埋着雷管火药……"

有一天，这样的句子被我珍爱的《芙蓉》接纳，登上大雅之堂。我知道，不是我的诗写得多好，而是如梦的雪峰山恰巧被它的知音遇见。他们的相视一笑，在春天里发出了光。

"雪峰山让我与众神独往来，又能安心做自己"

——刘羊访谈录

采访人：马迟迟

受访人：刘　羊

时　间：2018年8月2日夜

地　点：湖南省邵阳市洞口县山门镇黄泥江畔

马迟迟：我们一般人的写作都存在一个启蒙老师。我的文学启蒙者是我小学的语文老师，我的这位语文老师那时候长期订阅一本少儿文学杂志，他见我对阅读感兴趣就经常把杂志送给我读。我儿时的寒暑假基本上是读那本杂志上的小说、诗歌和散文度过的，后来他又鼓励我写作。我想知道你最早的启蒙老师给过你什么样的启示和影响？

刘羊：说到启蒙，首先得说说我的家庭。我生在一个地道的农民家庭，祖上多少代都是农民。小时候家里真是"一穷二白"——既无积粮，也无藏书。幸运的是，我不仅有一个完整的小家庭，还拥有一个枝繁叶茂的家族。我从小就在这个家族的滋养下生长。家族里，给我影响最大的是我二叔（也包括二婶），他是20世纪70年代初的高中生，高中毕业后在生产队当过农科员、民办教师，后来通过不断努力当上了一名吃国家粮的公办教师。二叔作为家族里唯一的读书人对我这个长房长子厚爱有加（从小我就知道了这一点），六岁不到，二叔就把我带进了他和二婶任教的村小开始发蒙。作为一名乡村教师，二叔家跟别人家不同的是，他家里有一柜子书（那时觉得大，其实很小），有一辆自行车。小学时代，我把那一柜子书翻了一遍，也把那辆自行车折腾了无数回。有一次，我背着大人独自骑车到邻村去理发，结果一个长坡下来控制不住，不仅把车铃子摔掉了、车头摔歪了，自己也摔得鼻青脸肿，回来被娘臭骂了一顿。但二叔（包括二婶）自始至终没有批评我，没几天就把自行车修好了。这件小事反映了二叔对我的教育方式，那就是春风化雨，言传身教。

我爸爸也粗通文墨，崇尚知识。妈妈虽然大字不识几个，两眼一抹黑，却懂得读书的重要性，更为难得的是，她从娘屋里带来了一肚子民间故事。儿时夜晚漫长，饥肠辘辘，她把这一肚子故事全部喂给了我和妹妹。这些都可以算作文学的发蒙吧。

我真正的文学启蒙发生在初中时代，我有幸遇到了欧阳炎中先生，他是当地颇有名气的语文老师，他的心里一直有个文学梦。记得刚进初一，他安排大家写作文，我因文中一段农民对话一下子就被他相中，立刻被提拔为"小文青"。作为老师的得意门生，我最早享受的待遇就是帮他誊写文章往各地刊物投稿，并得以知道铅字是怎样炼成的，从此心生向往。第二项待遇是我可以在他离校外出时住他的卧室，他的卧室有很多文学书籍，其中有一本类似《中国现代诗歌经典赏析》的书为我打开了一个诗歌的世界，让我知道了郭沫若、艾青、徐志摩、戴望舒等一长串名字，知道了世上有一种人叫诗人，他们的诗篇既能抒发心中情感，又能成为时代号角，简直无所不能。这个魔力真是太大了！欧阳老师给我的最大的礼遇和殊荣是，我的几乎每一篇作文都能在全班、全年级甚至全校成为范文（其实全校只有 6 个班级），被他和其他语文老师在班级口头发表。当我的作文在全校或者全乡获奖后，欧阳老师很开心。开心了，他喜欢小酌几杯，喜欢手舞足蹈，喜欢酒气醺醺地和我在校园里勾肩搭背。在这样的环境下耳濡目染，我也自然而然有了自己的文学梦。

马迟迟：你的家乡原名叫丝塘村，我觉得这是非常具有现代性的名词，它非常具有诗意。"丝塘"这个词语严格来说是不符合现代汉语的表达规范的，但是当我在你的老家丝塘村游历了一番之后，我突然感觉到了一种贴切，我觉得这个词语非常适合做你家乡的地名。"丝塘"二字我无法言全它的含义，但它却是纤秀美好的，你能谈谈你少年时期在丝塘村生活、求学的有趣的事情吗？

刘羊：太阳底下无新鲜事。我在离开家乡到县城读高中之前，在丝塘村生活了整整 15 年，丝塘村给我的感觉可以说是毫无新鲜感和美感可言——肚子吃不饱，劳动强度大，父母吵个不停，精神上一片荒芜。我打懂事后一心想的是怎么离开这个村子，到外面世界去经历去闯荡，去开启新的人生。

但人很奇怪，一个人年纪大了后他的过往经历特别是少年经验会时不时冒出来占据他、冲击他。海德格尔说，诗人的天职是还乡。我是快四十岁的时候突然被故乡抓住的，觉得故乡在我的世界里仍然是陌生的，甚至是一个谜，吸引着我一次又一次回去亲近她，重新拥有她，撩开她的面纱。这个时候，故乡的一山一水、一草一木就有了不一样的感觉。

迟迟，你说"丝塘"二字给你的感觉是纤秀美好。确实，这个雪峰山西麓的小村庄东接龙江水库，西连山门田夯，北连七岭八寨，往南可上 320 国道去往外面世界。这个村子没有河流，但是有密集的沟渠水系。没有矿产资源，但是曾经出产茶叶柑橘。小时候，四面八方的女人们天一亮都赶到村里的茶场来采茶。那个时候的丝塘村，无疑是纤秀美好的。

马迟迟：站在你家乡的田野上，可以远远望见雪峰山，雪峰山是湖南省内最大的山系，我想知道当你少年时眺望这座山时和你现在眺望这座山时有什么不同的心境和感想，这座山对你的人生和写作有过什么样的影响？

刘羊：山里人讲话直爽，喜欢开门见山，我们天天见的就是雪峰山。在家乡，雪峰山直入云霄，连绵不绝，是神一样的存在。山上众神谱系复杂，无所不能。山里人祭祖敬神、生老病死都在山里完成，对山充满了敬畏。比方说，谁家里人生病了首先想到的不是看医生，而是去敬神；

谁家夫妻关系不好、孩子不听话，谁家孩子要考学，首先想的也是去敬神。为了家庭无虞、儿女成才，我母亲就拜遍了方圆几十里的庙宇道观，光白马山宝莲寺就去了三次。雪峰山上的神无处不在，山上的一个个庙宇道观、路边的一棵棵古树都可以是众神降临之地。这种地域文化让家乡人很容易成为半个哲学家和诗人，因为他们个个都可以跟神对上话，他们念念有词的祷告语就是一首抒情诗。

我小时候的世界里只有一个边界，那就是雪峰山，我总认为山边就是天边。雪峰山是我故乡的屏障，给我限制也让我踏实。现在，我已经走出了雪峰山，我的世界分为山里和山外，而我毫无疑问是属于雪峰山的山里人。雪峰山让我与众神独往来，又能安心做自己。

马迟迟：黄泥江贯穿你的家乡山门小镇，这条河发源于白马山。你说山门镇是你"故乡的首都"，这其中的缘由是什么？山门镇的先贤蔡锷对你有过什么样的指引和影响？

刘羊：山门是雪峰山之门。山门镇古称黄家桥，自唐代以来商旅往来，是湘黔古道的重要驿站。黄泥江穿镇而过，镇中心的秀云观历千年香火不断，蔡锷、黄铁山、尹世杰等众多大家均生长于此，这是山门镇成为雪峰山下著名小镇的主要原因。

说山门镇是我"家乡的首都"，一方面是由它经济商贸和交通的中心地位决定的。老家方圆几十上百里地，只要有买卖，便得去山门。老家人常说，买不到的东西山门买得到，卖不出的东西山门卖得出。可见它的商贸活跃度！另一方面，则是由它的城镇文化决定的。相对乡村的闭塞贫穷，这里有城镇的开放繁荣。本地人，外地人，邵阳人，怀化人，坐轿的，讨米的，穷人，富人，这里都可以容纳。人们出行在这里登车乘船，回家在这里下马靠岸，悲欢离合、穷达寿夭的故事在这里天天上演。更何况，这里还出了一个几百年难出一个的人物蔡锷。抗日战争后期，这里还发生了一场决定雪峰山大会战战局的马颈伏击战。可以说，蔡锷一出，雪峰山大会战一结束，山门这座小镇就不再是一个小镇，而是一个足以傲视天下的大地名。

蔡锷是山门走出去的一代护国军神。他在山门出生，长大，学习，考秀才，成为人们眼中的"神童"，一直到13岁才离开这里，此后天南海北为国为民，再也没有回来。我小时候就听父亲讲过不少蔡锷妙对对联的故事，这也是最早的先贤文化启蒙。长大后，我才知道蔡锷给家乡人、邵阳人乃至所有读书人树立了一道标杆——文要经国安邦，武要保家卫国，做人要无私无畏、顶天立地。邵阳人俗称宝古佬，宝古佬明大义，霸得蛮，敢拼命。这与蔡锷的人格示范和精神传承是密不可分的。对我来说，蔡锷永远是心中的北斗、导航的明灯。

马迟迟：你的第一首诗是什么时候、在哪里创作的？你为何会从事诗歌写作，而不是其他的文学体裁？诗歌写作会和你现在生活产生冲突吗？你又是如何去平衡诗歌与生活的关系？

刘羊：我的第一首诗应该是初中时写的，文本早已遗失，印象中是徐志摩式的语言风格。我还记得初中某位女同学听说我会写诗，一天突然递了一张纸条给我，上面是一首短诗，题为《梦醒时分》。我读了，觉得调子太悲凉，忍不住改动了一些词句又递还给了她。她接过去微微一笑没有再回复。多年后，我听到陈淑桦演唱的歌曲《梦醒时分》才知道这是李宗盛的名作，不禁为自己的无知轻狂哑然失笑。而这位女同学竟然一直没有把话说穿。

从事诗歌写作除了初心难忘，还有一个主要原因是没有余力拾掇其他体裁。目前，我的工作、生活乃至身体状况与诗歌写作都会有所冲突，除了时间上的矛盾，也有心理上的障碍。其实，千百年来，诗歌精神与现实境遇总是相左的，每个人都有自己的社会角色限制，这是没办法的事。面对诗歌与生活的冲突，我不能削足适履，只能多准备几双鞋子，进山穿草鞋，出山穿皮鞋，让自己在各种崎岖道路上不摔跟头、少摔跟头，尽可能做到步履从容。

马迟迟：从丝塘村到山门镇，从山门镇到洞口县城，从洞口县城到省会长沙，这是你少年时期求学的经历，也是你每次返乡的路程轨迹。这其中两座山跟你关系很大，一座就是你家乡的雪峰山，一座就是现在的岳麓山，你也被誉为二里半诗人群落的掌门人，你觉得这两者在你的生命和写作中构成了一种怎样的联系？

刘羊：雪峰山是我出生和出发的地方，是文学梦启航的地方。岳麓山是我求学和工作的地方，是我安身立命之所。我曾经有机会到北京等地工作，但最终选择永居长沙，终生厮守在岳麓山下。从雪峰山到岳麓山，这是我的宿命。当我意识到这一点，便开始把这两座山当作自己写作的永恒母题。这些年，我写作了一批关注此时此地的诗歌作品，主编了《二里半诗群 30 家》《二里半诗群作品集》《诗歌里的长沙》等诗歌合集，可以视作致敬文学故乡的努力。今后，我将把自己的灵魂和笔墨带回雪峰山，让它们和山上的众神一起歌哭、一起舞蹈，希望长出一束属于故乡的山茶花来。

马迟迟：我正式从事诗歌创作是在大学时，那时候才有意识地去读一些古今中外大师的作品，同时也与同校的诗友进行了一些交流。你的大学是在湖南师范大学就读的，这所学校对你的诗歌写作产生过什么样的影响？

刘羊：湖南师范大学是我的母校。这所大学文脉深厚、文气充沛，从这里走出了韩少功、何立伟、骆晓戈、张枣、徐晓鹤、阎真、何顿、汤素兰、吴昕孺、沈念等一大批有成就有影响的作家诗人，号称湖南师范大学作家群。受此影响，师大学子多有爱好文学、喜好写作的基因。1997 年11 月，我和鸥飞廉、木雨、魏芳、严德勇等一帮喜爱诗歌的同学一起创办了黑蚂蚁诗社。诗社的成立得到了很多老师的热情鼓励，彭燕郊、龚旭东、吴昕孺、陈新文等老师亲临成立大会，彭燕郊老师还发表了热情洋溢的讲话，令人至今难忘。以黑蚂蚁诗社成立为标志，我开始了"玩票"性质的诗歌写作，此后虽多有间断，但至今已逾20年矣。去年黑蚂蚁诗社成立20年前后，我曾经写过一篇文章《诗意行走二十年——黑蚂蚁诗社琐忆》，名为琐忆，实则为追怀和追悔。不管怎样，诗歌已经融入了我的血液，成为我生活的一部分，这是母校湖南师大带给我的。

马迟迟：说一位对你影响最深的古代诗人和现代诗人，他们对你的写作有过什么样的指引？

刘羊：对我影响最深的古代诗人当属苏东坡，他教我随遇而安、走向旷达，一生中无论遇到什么坎坷，都用诗歌为生命加持，让心灵归于安宁。现代诗人中我曾经非常热爱海子，他的诗歌精神和诗歌语言对我影响很大。此外，我非常喜欢于坚，他的诗歌、散文、随笔等各种写作样范都让我深深着迷。

马迟迟：至今为止，你已经出版了两部诗集，这两部诗集分别是在一种什么样的状态下写就的？这两部集子中你觉得最满意的是哪几首？可以谈谈它们的创作过程吗？

刘羊：我的两本诗集都是不值一提的习作，虽然敝帚自珍，但很难谈得上满意。值得纪念的是，《小小的幸福》

收集了一个少年的歌声；而《爱的长短句》则基本写在大病之后的康复期，是信念、勇气和爱的见证。在湘雅三医院的无菌病房，我曾经写道"这里是医院——时间也被注射了吗啡，比任何地方都要走得缓慢""世界虽然拥挤不堪，仍然给菩萨留下了座位""天空虽有电闪雷鸣，却不能吓退祷告者"……现在读这样的句子，你可以想见我当时的心境。在人面临生死一线的时候，我庆幸有诗歌相随，她是我不离不弃的知己，听得懂我的沉默，耐得住我的懦弱，受得了我的呻吟，正是文学滋养的力量，"让一切变得平静，祥和，变得没那么糟糕"。

马迟迟：谈谈你对当代诗坛状况的看法，以及对诗歌写作的理解。

刘羊：说实话，我不清楚也不关心当代诗坛状况，因为我从未进入诗坛，也就有了"超出三界外，不在五行中"的超脱和自由。屈原在《渔夫》里写道："沧浪之水清兮，可以濯我缨；沧浪之水浊兮，可以濯我足。"我一生的愿望就是成为汨罗江上的那个能与三闾大夫齐品目的渔夫，惯看秋月春风，且待岁月从容。我也知道，这很可能只是一种奢望罢了！

至于诗歌写作，就像山上生长花朵，山下流淌河流，我认为是自然而然的事。昨晚在空山聊天时，我曾经说，这辈子能不能成为诗人，能不能写出一首好诗来对我来说其实都不那么重要，重要的是，我能不能活成我想要的样子。如果我能活成雪峰山，那么黄泥江肯定就有了；如果我能活成岳麓山，那么湘江肯定就来了；如果我能活成一棵树，那么必定有一朵花在等着我。我曾经写过一句诗："风鼓动山头起来造反，山头回以一地落叶。"我希望在自己这块依然贫瘠的土地里，年年春风吹过，都能长出一朵花来。

——原文刊《诗歌世界》杂志 2018 年第 3 期